Vicente Franz Cecim

Viagem a Andara oO Livro Invisível

Visível Invisível

Uma antologia

Org. Marcelo Ariel

LetraSelvagem

Grafia atualizada segundo o Acordo Ortográfico
da Língua Portuguesa que entrou em vigor no Brasil em 2009.

Coordenação Editorial: Nicodemos Sena
Editora executiva: Marli Aparecida Perim
Design editorial (capa e miolo): Cesar Neves Filho
Fotos do autor: Bruno Cecim
Preparação dos originais e revisão: Nicodemos Sena
Representante comercial: Marcelo Nogueira

O logotipo Letra Selvagem *foi idealizado a partir de cerâmica Aruak, padrões utilizados nas bordas dos vasos, compilados por Koch-Grunberg em 1910.*

Dados Internacionais de Catalogação na Publicação (CIP)
Angélica Ilacqua – CRB 8/7057

Cecim, Vicente Franz, 1946-2021.
Viagem a Andara oO livro invisível (visível invisível) / Vicente Franz Cecim. Organizado por Marcelo Ariel.
1. ed. – Taubaté, SP: Letra Selvagem, 2024.
96 p.

ISBN 978-65-89841-34-0

1. Literatura brasileira – Ficção brasileira
I. Título. CDD B869.3

Caixa Postal 63, Pindamonhangaba, SP / Brasil. CEP 12.400-970.
Telefones: (55) (12) 99203-3836.
letraselvagem@uol.com.br
editoraelivrarialetraselvagem@gmail.com
www.letraselvagem.com.br
www.livrariaselvagem.com.br

SUMÁRIO

Prefácio

Entre a ilegibilidade e a legibilidade

Alberto Pucheu[1]

O projeto de escrita de Vicente Franz Cecim é dos mais grandiosos, singulares e ambiciosos. Poesia, narrativa, filosofia, misticismo, mito, tudo mesclado em um hibridismo de modos de escrita e de pensamento atingindo o que lhe é mais importante: a criação poética, romanesca, mítica, mística e filosófica de um lugar para se habitar, uma Amazônia transfigurada em Andara para dizer, a um só tempo, a vigília e o sonho em suas indiscernibilidades necessárias, a complexidade da floresta, de quem a habita e a de qualquer outra pessoa em qualquer outro lugar do mundo.

As histórias de Andara provêm de um Brasil muito mais arcaico do que o dos colonizadores e, simultaneamente, do encontro com o que há de mais sofisticado na história da literatura de todos os tempos. Vinculando-se tanto a modos orais indígenas de fabular quanto a, para citar apenas alguns escritores do século XX, Guimarães Rosa, James Joyce, Franz Kafka, Maurice Blanchot e Edmond Jabès, ele arrasta a língua portuguesa para os tempos mais remotos – obrigando-a a falar de traços demasiadamente arcaicos para ela e para todos nós – e para o coração do nosso tempo.

[1] Poeta, ensaísta, professor de Teoria Literária da Faculdade de Letras da Universidade Federal do Rio de Janeiro (UFRJ).

Este livro começa com um cego para que possamos ouvir as palavras do invisível que atravessa o visível, as palavras de uma dor imemorial, vozes invisíveis vindas de tempos os mais distantes a compor a voz de um cego que a elas se dirige para escutá-las. Trazidas pelos ventos, essas vozes são rumores; rumores mais antigos do que as palavras dos humanos, mais antigos do que os humanos, rumores que temos de aprender a escutá-los em suas desarticulações através das palavras articuladas que o poeta nos oferta. Entre o rumor das vozes da floresta de outros tempos e as palavras, entre o invisível e o visível do livro, entre a ilegibilidade e a legibilidade do que se fabula, essa escrita fantasma, essa escrita miragem. No lusco-fusco, essa escritAndara, em que a ilusão rosteia a verdade.

Dos escritores que conheci, nenhum habita sua obra como esse, que parece jamais sair dela e, mais, jamais poder sair dela, na medida em que o que cria é uma maneira de estar no mundo para que possa nos ensinar a todos o que ele nos disse no filme *Vicente Franz Cecim: um animal na montanha*: "O homem deve viver como poeta. Mesmo que não escreva nada. Ele deve viver como poeta. Ele deve dormir como poeta, acordar como poeta. Essa é a maneira de perceber a vida. Não tem uma fórmula política, não tem uma fórmula estética, não tem uma fórmula mística, não tem nenhum tipo de fórmula de caminhar. O único caminho para você viver na lucidez é: viva como um poeta. Nesse sentido, você não precisa criar poemas. Todo seu viver já é dentro do poema. A vida já é um poema, que você vive, que você vivencia. Da sua maneira de vivenciar esse poema, que é a vida, você vai revelando a outros que eles estão dentro do poema que é a vida".

Nota do Organizador

Inescritura mística

Marcelo Ariel[2]

Vicente Franz Cecim (des)escreve o livro sonhado por Blanchot & Flaubert dentro de uma chave minimalista, escreve esse antilivro, este livro diante do livro chamado *Viagem a Andara* há décadas de um não-tempo. O que temos aqui são vislumbres de um livro que evoca o onírico a partir do conceito de MA dos orientais, a porta se abre e se fecha e vemos pelo vazio inaugural de nossa visão, uma espécie de cartografia das vozes de Andara. A voz é invisível e o livro é visível. Viagem a Andara é um livro que se escreve fora da literatura, é como se uma ponte de névoa e neblina (a literatura) pudesse ser atravessada pela transfiguração do onírico em sua representação sígnica (letra) e imagética (verbo) fora do que convencionalmente se chama literatura; narrativas sonhadas dentro da tradição oral, poemas sonhados dentro da tradição mística são aqui entranhados dentro de uma mestiçagem de (des)escrituras. Mediados pelo vazio onde nascem as percepções mais fundas e pelo silêncio branco da página, que em Cecim é parte integral da composição dessa costura de sonho e escritura da voz.

[2] Poeta, crítico e performer, autor de *Tratado dos anjos afogados* (2008), *Ou o silêncio contínuo – poesia reunida 2007-2019*, entre outros.

Vicente Franz Cecim está mais próximo de Píndaro e de Guimarães Rosa no que eles possuem de "escuta de mundos". Andara é a região inescrita de onde brotam as vozes que Vicente converte em uma inescritura mestiça, híbrida de camadas cada vez mais exteriores de uma interioridade, por sua vez, disponível ao esvaziamento, ao wu wei, ao não-saber e suas nuvens. *K o escuro da semente* (anteriormente lançado em Portugal e, no Brasil, pela Editora Letra Selvagem) é como os livros que formam a espantosa e densa série chamada *Viagem a Andara*, um objeto estranho cuja leitura exige outro tempo e outra disposição, talvez a da leitura de um tratado místico que se funde com uma dicção e pulsação de uma parábola, sem começo, nem fim, da qual conheceremos apenas o meio, sua possível escritura, filha da oralidade e do silêncio.

Marcelo Ariel

Sumiro

De *Os jardins e a noite* (1981)

– Se vocês querem, falem mais da dor

É o cego quem diz isso. Fala com as vozes que tem escutado. As vozes.
Elas nunca deixando de vir contar a ele as suas histórias, no vento,
os dias não passavam

As vozes. Estas vozes, estas histórias
Por muito tempo ainda elas vindo, para dizer a ele
que a vida, lá fora, ainda é um lugar de rumores e um
Não submete tudo.

Nele, homens se buscam sem se ver, diz o cego. Mas um dia a ave vai voltar
Ele ri.
Na sala onde ele está há um espelho, mas o espelho não mostra esse riso.

Ah você bateu na minha porta. Você voltou.
É o homem quem entra agora.
Ele voltou.
Veio ver como vou passando.
Eu não passo. Os dias não passam. Nada disso muda enquanto o Curau não volta, diz o cego ao homem.
Eu tenho esta janela, e nela o tempo está parado. Nela espero a ave. Você lembra, eu lhe contei tudo, como começou, diz o cego ao homem e o homem estava de volta.
Havia entrado como da primeira vez.
E agora estava outra vez em frente ao cego.

– Sim, tenho ouvido o vento, lhe diz Jacinto. As histórias que ele vem me contar. Eu escuto o vento sempre. Não, você não poderá ouvir as histórias também. Não. Você ainda tem esses olhos. Quer tê-los.
Se quiser ouvir outra voz. A minha.

Agora o vento parou. E o cego tem aquele homem de volta. E espera a volta da ave. Quer ouvir asas no céu. As Asas.

– Quando o vento para, eu lembro outras histórias, ele diz. Quer ouvir uma delas?
Quer. Já contei a história do Curau, agora você quer ouvir mais, sempre mais? Deixe que eu fale então, enquanto espero. E não pense que a história do Curau é só uma história. Eu estou aqui, só. Aqui é em toda parte.

O homem escuta.
– Olhe, diz o cego, o tempo é isso e então eu já não lembro como acabou.
Agora é a história de Sumiro que ele irá contar ao homem. Não pense que a história do Curau é só uma história, ele repete.
Talvez invente um final para essa história agora, diz.
E o homem ouve. Talvez recorde à medida que for inventando. Não se sabe nunca. Há a memória, esta coisa à noite. Não lembro mais também os nomes.
De qualquer maneira, nela, Imaginação, há coisas que crescem, fogos enormes, e há o que se apaga. Ou vem mudado de volta, na volta, quando se quer lembrar. Na Memória.
Por esses caminhos eu vou. Imagino. Lembro.

Eles são dois. Se misturam.
Disse que não lembro mais os nomes?
Não minto. Só o nome dele eu não esqueci. Sumiro. Era Sumiro. O inesquecível.

Foi num fim de tarde aquilo.
Eles vieram e o levaram, arrastado.
Naquele tempo eu ainda tinha olhos para ver, diz o cego.
Foi antes do Curau e com eles eu não via nada, entenda.
Veja, a terra por onde o arrastavam já ia escrevendo no corpo dele esta história que agora eu lhe conto escrevendo ela também no seu ouvido,
e isso se dando enquanto o levavam, era uma antecipação de toda a dor que ainda viria mais tarde para ele,
como ainda virá mais tarde para você que agora ouve a história a sua parte de dor.
Eles, porém, não iam levando o homem arrastado porque resistisse, não. É que queriam levar ele assim. Veja.
No lugar que escolheram para fazer o que fizeram havia um que esperava, vigiando, um par de olhos vivos, as armas prontas para usar contra ai de quem tentasse impedir o que eles iam fazer. Veja agora isso, assim aquele era um Lugar fora da terra, ficava por cima do inferno.
Foi lá que aquilo se deu. Naquela hora aves começaram a voar baixo, anunciando vem morte vem a morte, voavam e a gente entendia aquelas asas.
– Tome um café, disse o cego ao homem.
Ah este frio, disse o homem.
É a noite, disse o cego.
Não. Eu não quero. Esta noite, mais tarde eu quero sonhar depois de ter lhe contado tudo. Se as vozes deixarem

Ouça.
Então, eu ia dizendo: eles arrastaram aquilo como se não fosse um homem. Sumiro. Mas era um homem.
Ainda que vivesse daquele jeito sempre, sempre tinha uns olhos baixos procurando no chão e não se sabia o que procurava. Nunca se viu ele levantar os olhos. Eles, os olhos daquele homem, se davam à terra. Só a ela. Dias e dias, ele vivia assim. Era por dentro que vivia. Havia quem dissesse que nem era mais um homem e que não estava mais entre nós, os outros. Para mim, era.
Não sei que outra coisa podia ser aquilo, que às vezes até falava embora não se entendesse o que dizia
Se havia perdido alguma coisa e vivia procurando, esse era um segredo dele
Cada um terá o seu.
Não teria sido isso, nele, um segredo que não se podia medir, me pergunto, o que eles não perdoaram,
e por isso o arrastaram naquela tarde para mostrar que todos, todos somos iguais, homenzinhos, mistérios que têm que ser revelados custe o que custar para que tudo, o humano, fique sob luz que faca possa contar, que se possa negar quando for preciso fazer mais um morto?
Então.
Levado arrastado, o que era para rir era isto. Ele ia aproveitando para continuar procurando, quieto, olhava o chão passando rente aos seus olhos, queria usar até o último momento aqueles olhos, tinha ainda esperança de achar o que havia perdido antes do fim. E não dizia nada.

Havia uma árvore no lugar para onde o levaram.
Veja isso agora: eles também tinham um segredo.
Pois fizeram aparecer lá uma mulher, taparam os olhos

dela e a mandaram amaldiçoar a árvore para que não desse mais frutos. Os frutos.
E depois, pregaram o homem na árvore.
Sumiro, o homem, ficou pregado lá
Então veio a hora das facas,
a primeira hora das facas
Haveria outras mais.
Foi nessa primeira hora que eles então tiraram o sexo dele.
Um homem pode deixar de gritar sua dor?
Então ele gritou. Ainda se ouve esse grito quando se passa por aquele lugar à mesma hora, nos fins de tarde. Dizem. Eu não voltei mais lá, não sei. Ele ficou pregado na árvore. E depois disso não veio mais nenhum som dele.
Nada mudava ali.
Haviam levado Sumiro arrastado e agora ele estava lá, na árvore. Espere. Tento lembrar
Lembro. O céu mostrava nuvens paradas. Não eram nuvens leves. Nelas, havia um vermelho de sangue que não anda. Pesado. A gente ali sabia que uma chuva ia cair, mas que chuva era aquela, parada, no alto, isso não se sabia.
Tínhamos o céu por cima e embaixo éramos só homens, mulheres e havia também umas crianças ao redor da árvore.
Foi outra vez a hora das facas
Dos lados do horizonte veio vindo um barulhão.
Parecia que a chuva ia cair. Mas não caiu. Não caía. E essa foi a hora em que eles tiraram os olhos do homem.
É que ele não havia parado de olhar o chão, de procurar, e era preciso que isso acabasse. Não teria adiantado nada

fazer aquilo com ele se não parava de procurar.
Nós olhávamos. Não fazíamos nada.
As testemunhas.
Eles queriam que nem os olhos do homem, sozinhos, ainda procurassem, rolando na terra, e vimos, um deles tirou uma bolsinha, juntou os olhos de Sumiro e guardou nela, fechados,
no escuro.
Como é que ele ia procurar agora?
Eu não sabia.
É que naquele tempo eu ainda olhava, tinha meus olhos e nada via. Via o homem sem olhos na árvore e me perguntava como é que agora ele vai procurar, sem entender nada. Mas ele ainda procurava, agora eu sei, mesmo que estivesse tão no escuro quanto os seus olhos guardados na bolsa do outro.

– Não enjoe. Parece que é com os olhos da gente, não é?
Mas eram os olhos dele, não os seus, lembre-se.
O homem olhou pela janela e disse:
– Só pode ser artista quem tiver uma visão original do infinito.
Foi Schlegel quem disse
– Não sei, disse o cego. Não sei nada. Eu estou aqui. Cego.
Só posso lhe dizer isso que lhe digo, estamos todos juntos nesta vida,
homens e deuses,
esses que nos fizeram de terra
Os da Água, os do Ar e os do Fogo
E os da Ausência.
Agora eu sei isso

No vento estava passando outra vez a voz que dizia

– Vem Curau. Vem levar os homens para os teus jardins

E o cego disse:
Continuo.
Mais tarde já tinham ele nu, haviam arrancado as roupas, queimado. As mulheres não viraram as caras, aquilo era uma outra vergonha
Lhe cortaram as mãos, na terceira hora das facas. E isso aliviou nele uma dor, uma dor apagando outra dor, veja: a dor que ele sentia antes,
a dos seus olhos arrancados
Mas mal eles viram a nova dor nascendo e a dor mais antiga sumindo no rosto de Sumiro, fizeram uma outra dor. Meteram um prego grande, Negro, na sua boca. E assim ele não podia mais falar, mesmo não tendo dito nada durante tudo isso e não fosse mesmo dizer nada enquanto aquilo durasse. Isso eu sabia

E durou.
Olhando, mais tarde, não se podia saber onde ele estava acabando e onde começava a árvore.
Isso foi assim.
É que eles tinham aberto o tronco, na quarta hora das facas, e metido o homem dentro da árvore,
uma parte aparecendo, a outra oculta.
Queriam desse modo fazer dele cada vez menos um homem. Tirar dele todo mistério. Fazer dele árvore.
Cada um entenderá como quiser. Sim. É. Cada um
é um outro.
Mas veja, era o que queriam.

É como eu entendo.
Eu estou aqui, cego. Aqui é em toda parte
As vozes da terra vêm de longe
Um inseto me olhara
O que há para ver?

Ficamos lá. Eu olhava. Os outros também olhavam.
E lá se iam os dias não sei para onde
Estou lá. Olho. Não fazíamos nada.
Tinham o homem na árvore.
Decidiram dar comida a ele para que durasse mais. E
aquele homem então, o sido nosso vizinho, Sumiro,
aceitou a comida deles.
As nuvens continuavam no alto, a chuva não caía, aquela
chuva, e ele não morria, aquele homem na árvore, nem
deixava de ser homem nem virava árvore de uma vez.
Nem tinha nada para nos dizer. Olhávamos

No dia em que quis pôr para fora a comida, não pôde.
Tinham fechado a saída.
Teve que sofrer também as dores comuns.
Então parecia ainda mais um homem.
Isso eles notaram. Viram que não deviam dar comida a
ele, e não deram mais.
Estava ali, perto. O homem na árvore. E no entanto bem
longe daquele lugar alguma coisa mudava nele, ficava nos
seus sonhos onde nada daquilo estava acontecendo
Nele, nos sonhos que tinha, às vezes deviam entrar uma
ou outra as vozes deles, de guarda junto à árvore.
Mas isso acabou quando veio outra hora das facas e
furaram os ouvidos. E o deixaram inteiramente só,
num branco,
e se fez um silêncio como não se sabia que existisse.

E assim ele já não podia mais ouvir quando novas horas vieram para as facas, em ondas, umas após outras, soando, e arrancaram suas pernas para que não andasse humano nunca mais,
e isso, acho, já lhe acontecia como se fosse a um outro, numa outra história. E nessa história eles queriam talvez arrancar dele a sua alma, a sua ave. Para trancá-la numa caixa de madeira. Madeira da árvore. Árvore em que seu corpo desaparecia como coisa humana. Mas na caixa aquela alma não ia parar de voar, voaria como antes no corpo do homem. É que ele e a árvore já eram então uma só coisa.
No alto, o céu se mexeu. Era o sangue dele que finalmente ia cair?
Era aquela chuva. Que ameaçava cair e não caía. Não caía. Não caiu nem cairá.
As horas das facas iam e vinham

Tiraram a cabeça dele para jogar com ela. E ele entendeu o vazio
Já havia entendido a escuridão, não era?
Já havia entendido o silêncio
E agora entendia o vazio.
Os que faziam guarda ao redor da árvore se divertiram, riram,
é que o homem é sempre uma criança? Me pergunto.
Riam e atiravam a cabeça uns para os outros. Era para passar o tempo, ali. Jogavam ela de um lado para outro, a bola mágica, voava entre aqueles homens,
e isso sem que ele se sentisse humilhado com nada.
Mas dias nasceram. Morreram

Tome mais um café. Tome. Já vai acabar. É preciso que acabe. Agora estamos indo para a parte onde ela é uma outra, a vida

Ouça.
Eles trouxeram a mulher que havia feito Sumiro. Puseram ela na frente da árvore. É que então tinha descido sobre aqueles homens um desespero. O de ter perdido Sumiro nesta vida. Queriam trazê-lo de volta. Onde estaria ele agora?
Se reuniram então e falaram. Embaixo de uma outra árvore. Afastados.
Depois voltaram.
Vamos fazer assim, se disseram. E fizeram. Para que Sumiro voltasse, foram buscar onde achavam que ainda estava, e arrancaram a roupa da mulher, e procuraram no corpo dela
E tudo diante da árvore para que ele visse sem os olhos.
Trouxeram também um menino e diziam, É filho.
Procuraram sinais de Sumiro nele.
E trouxeram uns outros, assustados, e diziam, São irmãos.
Fizeram com todos a mesma coisa. E outras.
As sem nome.
Sem nome foi também o que acabaram fazendo com ele.
Como não queriam ficar sem Sumiro,
se transformaram, ali diante de nós, em homens-areias, secos, e beberam o sangue dele,
se transformaram em homens-cachorros, tinham raiva, e roeram os ossos,
e na volta aos homens que eram outra vez, trabalharam, trabalharam, organizados, exatos. E vimos que haviam feito com a pele de Sumiro uma tecida rede, e secaram

ela sob um sol violento que surgiu no céu por entre as nuvens daquela chuva que não caía não caía não caiu nem cairá e se mostrou para os nossos olhos. As testemunhas.

Foi assim.
E uma roda girou. Lentamente
Primeiro para a esquerda.
Depois para a direita.
Depois ficou indo uma vez para a esquerda outra vez para a direita, como uma dúvida. E a cada volta que ela não completava, víamos
Nasciam as frutas na árvore.
Então dançamos. As testemunhas.
E cantávamos. Batíamos palmas e bebíamos bebida amarga, rodando em torno dele enfim inquieto, ou sereno, ou desesperado e sem saber por quê

Agora vá embora,
disse o cego ao homem depois. E o homem foi
Eu quero ficar só outra vez.
Ficar aqui. Ele disse cego.

Sombra de pássaros imóveis

De Ó *Serdespanto* (2000)

Para semear a sombra humana,
basta a altura,

a Altura

Coisas escuras procurando a luz com dedos finos cheios
de ervas

Imaginem

Uma região, lá embaixo, onde o pântano agoniadamente
do viver.
Dorsos lisos
às vezes vêm à tona, e há águas escuras

E por cima dela, imaginem, no alto, umas brisas
passando. O ser aí suavemente

A região, negra, então, ela fica por baixo,
a Negra

E elas, as brisas, passam, é bem acima de todo o mal. É só
aqui que vemos a face branca a branquíssima, mas quem
sabe, em si, o quanto dura a serena.

De qualquer maneira, tudo isso se movendo em duas
correntes, que não se tocam,
e através dos seres que ali havia.

Imaginaram?

E onde é? Em que geografia é, e está instalada essa região
assim em duas camadas, que não se tocam,
que ainda não se tocariam, entendam,
pois Andara é sempre desmoronamentos
É onde? Ela? A região, esta, negra, sobrevoada por essas
brisas brancas?

Deixem que eu diga
Não é por fora essa geografia.
Deixem que eu lhes diga: Ela é por dentro do humano,

o que vocês já fatigados de saber, isso: que Andara é
mais geografia interior, feita de ossos e sonhos, a carne
a residência contendo uns fogos imensos, em nós. Ora
brandos esses fogos

Ei-la, então: a região. E agora já quase instalada em nós,
será bem dentro de nós,
se consentem em ter, pelo tempo que durarem essas
palavras, uma coisa assim negra dentro de vocês
Diz-se disso: literatura
Se diz, O jogo se dando

Se dando. Mas a ninguém. Literatura

E tendo visto esse lugar, mas ainda sem imagens,

pois onde estão as descrições: as retas e os círculos,
as formas,

tendo visto, pois, sem ver, esse lugar, gostariam agora
de realmente vê-lo?
Assim tudo penetrará mais fundo

Eis:
Aí há uma floresta, escura, é lá embaixo, as águas escuras
passando

e rumores, e vidas que escuramente se agitam,
os dorsos lisos,
às vezes se mostram, já foi dito,
às vezes estão lá só intimamente,

ah,

enquanto, pelo exterior de tudo, imenso, solene, vazio,
o mundo dorme.
Pelo exterior de tudo. Eu falo dessas penugens com que
a vida se oculta, se revela,
se recobre
Viram? O animal do mundo. O animal, o mundo
E nele, também nós

O pântano é o coração inferior dessa paisagem.
Entendam.
O grande pântano, o lugar
ainda mais terrível desse lugar terrível: o animal,
o mundo

Mas nada temam: imaginar o mal. Pois coisas ainda
piores virão, e é útil, para aprender a resistir ao mal,
aprender a conviver com ele, o negro negro
enquanto ainda é pequenino

Entendem?
Está nascendo. Olhem. O recém-nascido mal agora em
nós. Um ponto negro, e depois um ponto ainda mais
Negro vem, se expande

Como contê-lo?

Não contê-lo. Observar. Seu crescimento, e essas águas
escuras passam sob nós
Estamos aqui para observar o mal, crescendo, para
testemunhar, depois, que vimos, e fomos só homens,
vendo, homenzinhos vivendo
Mesmo que com arrepios imensos, a cada vez que um
desses dorsos lisos vem à tona, na vida, neste animal
enorme, no mundo, e é em nós

Se vocês consentem em ter dentro de vocês, enquanto
durarem estas palavras, essa coisa assim negra se
instalando, se dirá disso literatura. O jogo se dando
Entenderão

Então.
Se manter firme na pedra do ser
Manter-se e observar o pântano.

Mesmo que em pânico
Mesmo que

Então

Qual a melhor posição para vê-lo se formando? Esse lugar, esse pântano em que o ser

Talvez do alto. Talvez se instalando na corrente superior a tudo isso lá embaixo, aos dorsos lisos e as águas escuras, passando
Se instalar entre as brisas, na corrente branca, onde o ser é leve. É mais leve

Aí, o que existe?

Se erguendo, vem da terra, varando as nuvens, uma grande pedra a imensa, uma montanha se diz

por onde passam essas brisas, que quase não existem, e onde quase podemos também quase não existir.

Daqui então observar a evolução do coração do mal, com menos receio em nossos pequenos corações

– diz o homem,
à mulher ao seu lado.

Esse homem. Ele está aí.
E ele diz a ela:
– Por isso estamos aqui. No alto. Do alto aprendemos a aprender o mal, lá embaixo,
é lá embaixo, é na floresta, é no pântano, é na lama
que ele está.

Mas quem são eles, esses, assim surgidos de repente para nós?

Digamos: eles, esse homem e essa mulher, são os habitantes da grande pedra, se diz montanha. E dela se poderia também quase dizer refúgio, castelo, catedral

Em Andara, vejam vocês, um castelo sobre uma pedra,
e sob a pedra da memória, já que por sermos humanos guardamos em nós as visões antigas que os homens sempre sonham,
agora foi descoberto.
E nele há esse homem e essa mulher.

Fossem anjos, eles.
Ou se quisessem alados. Não descidos do céu, mas subidos da terra. Como saber

E agora, aqui em cima, estamos ao lado desses dois que se querendo leves

E basta.

Já tendo penetrado neste sonho até os ossos, agora o
resto
se precipita:

Se voavam esses dois, esse homem e essa mulher, bem
baixo, às vezes, roçando as águas escuras
que passavam,
para observar ainda mais de perto o mal na luz dos dias,
e aprender mais sobre ele

Se voaram uma vez tão baixo, que ela, tocando um
daqueles dorsos lisos negros,
à noite, enquanto ele dormia, quis voltar sozinha

e se tendo voltado, ao despertar ele se viu sozinho e o
lugar dela ao seu lado vazio

E se ele, por ela, desceu com asas grandes de desespero
para procurar pela perdida
companhia

E se ali só viu, abandonadas numa das margens das águas
escuras, passando,
as asas brancas dela, agora para sempre desprendidas,
largadas, jogadas ali

enquanto da lama, enegrecida, a face dela lhe sorria e o
convidava a se lançar também no fundo, e lhe dizendo,
Bem-vindo ao coração do mal

teria ele se mantido sólido? Na pedra sólida do ser?

Ou sórdido, sorvido, teremos que vê-lo desaparecer
também nessas águas escuras,
que passam

Para emergir, depois, ali adiante,
um outro dorso liso, negro, que essa água negra negra
já não lavará

Melhor será nos mantermos de pedra. E estender para
esse homem, ou se quisesse anjo, ou fosse só um animal,
humano, um grito longo, também de pedra,

escada, se diz, do ser para o ser caído.

O mais provável, porém, ah
é que caiamos como pedras, afundando ainda mais fundo
do que ela antes

Pelo menos, do meio das pedras entre as brisas, ó relva
aérea

umas serpentes já começam a aflorar.

Imaginem.

Uma região, onde lá embaixo as águas escuras
agoniadamente do viver.

E agora, aqui em cima, também essas serpentes

Seus círculos que se expandem

Ah, caminho dos olhos fechados.

Para semear a sombra humana,
basta a altura, a Altura
Coisas escuras procurando a luz com dedos finos cheios de ervas

Deixa que a minha asa de ternura

De *Contando estas histórias para ninguém* (1994)

– Deixa que a minha asa de ternura
disse a voz. Aquela voz

Teria aquele homem a ouvido, longe. E aquela voz
viera ao seu encontro
Ou havia sido dentro dele que a ouvira? A voz?
Homem alucinado, fora de si?

– Deixa que a minha asa de ternura

O certo é que surgindo ali para os seus olhos, aquele
anjo, para os seus três olhos humanos.
Surgindo assim. A visão lhe aparecendo à luz do dia,
o anjo muito branco.
E era de olhos abertos que ele o via.
Toda aquela visão se dando plenamente para além
dos seus dois olhozinhos de homem já naturalmente
cegos pela vida pelo sol
E viu, também, que aquele anjo era uma mulher.

Aquilo sim é que era o nunca, nunca visto. Duas
vezes o ser num Ser só

E então, tendo chegado, o anjo
e mulher
disse a ele:
– Deixa que a minha asa de ternura te proteja
nestes dias em que a vida queima a vida até as cinzas.
E também nas noites em que o susto de estar gela um
homem sem remédio.
Assim eles disseram. Os dois seres num só. O anjo
e a mulher.

E foi assim que a coisa amor tendo vindo para aquele
homem pela primeira vez.
A coisa de que se diz, amor

E como se nelas uma estrelazinha ali, nas suas
omoplatas tristes uma breve luzinha cintilou

A noite já vinha desabando longe com estrondo sobre
Andara, porém

Aquele homem?

Sempre só ali em Andara, aquele homem por companhia
tinha
No céu, só as aves.
Na terra, os frutos. E as folhas vivas e as folhas
mortas, secas, caídas das árvores, as amigas árvores
E o vento, nas coisas o vento sempre passando.
E uns insetos, às vezes vindo também por companhia,
e lhe subindo pelo corpo, e se metendo em
seus cabelos, para sussurrar nos teus ouvidos as histórias
que os insetos sempre têm para contar aos homens para
distraí-los, para que não se sintam tão sós. As palavras
bem pequeninas

Mas a coisa amos, ah, isso nunca antes, por companhia

E tendo acontecido, o anjo agora ali com ele

Nadaram aqueles dois, ou três,
mulher, homem e anjo,
ou agora uma só?
Nadaram eles nas águas de um rio, e peixes como os
peixes, nas águas do que entre os homens se diz uma
felicidade?
E uns peixes que olhavam para eles com os olhos
úmidos de nostalgia da terra, exaustos de condenados
a habitar nesses mares e oceanos imensos na vida?
Sim. Nadaram.
Em Andara, as águas de Andara.
Mas as asas do anjo e mulher ficando encharcadas e
tudo nela pesando e tendo nele, anjo, vindo também
pela primeira vez a pedra, foi igualmente a primeira vez
que aquele homem teve medo de perder uma coisa que
agora tinha: ela, a mulher, afundando, e uns olhos nela
maiores de horror, horror, que crescia, ah o esforço da
coisa naquele homem para trazê-la à tona.
Lhe desse todo o seu ar
E depois, uns lábios. Só roçando naquelas penas,
secassem elas sob o hálito do homem
E diminuíssem aqueles olhos de medo nela, olhando
para ele sob as águas.
E mais tarde, uns olhos serenos novamente, no anjo.
Como quando o vira pela primeira vez

As coisas que a mulher e anjo dizendo a ele, mais
tarde, as gratidões.
Bem indizíveis, essas coisas.

Voaram aqueles três, um só, pelos céus suspeitos de Andara?
Por entre aves que olhavam para eles com uns olhos de invejando aquele homem de terra, nostalgia também que essas aves tinham de seus começos de terra, elas agora indo assim por céus cada vez mais vastos até as distantes estrelas.
e nunca as estrelas por elas atingidas.
Essas estrelas prometidas às aves num tempo muito antigo, promessa nunca cumprida?
Sim, voaram.
Já que em Andara isso agora podendo acontecer, então voassem
Tudo podendo acontecer em Andara, como eu já lhe disse

Mas um segundo medo de perder o que passara a ter estava
vindo para o homem.
Escute

É que uma ave inesperada, negra, grande, Negra, ó ave Ave,
ou era a fome nos céus de Andara, que ali se apresentando assim, e transformando quase todo o céu nessa enorme asa negra
É que essa ave então e negramente vindo na direção deles, envolveu a mulher, o anjo, e levou-a pelos ares, tirando o homem da sua companhia, para que por companhia

tivesse apenas aquelas folhas secas caídas das árvores
e as vozezinhas secas dos insetos às vezes por companhia.
Aquilo sim é que foi a luta da morte com a morte.
A morte que a ave trazia em si e a morte que aquele
homem tinha guardada em si por solidão desde que
nascera
Se não fosse a faquinha que ele sempre tinha consigo.
Com ela, tirou os olhos da ave.
Para que negra e cega ela fosse caindo. Como pedra
atirada do alto contra a terra.
E leve, então, também caindo junto com a ave a
mulher e anjo.
Mas eis:
A árvore de copa de lá, maciamente.
E aquela árvore, diz-se assim,
Amorteceu a queda deles.
A do homem e da mulher e anjo, pois vinham todos
juntos nesta segunda queda que lhe relato do homem
num Paraíso: ave, homem e mulher e anjo. Mas a árvore
deixou passar a ave que, cega, pedra negra, se afundou
na terra, se cravou nesta terra que nós agora estamos
aqui pisando, com profundíssima dor

As novas coisas que ela lhe disse, por gratidão.
Indizíveis são essas coisas

E além dos gritos que ele, o homem, às vezes dava,
os uivos no animal, por medo de perdê-la,
eles também cantavam?
Sim. Cantavam
Pois em Andara, apesar dos gritos, também sendo

possível os cantos. É assim, como na vida.
Só que são cantos que alucinam, como você nunca ouviu antes, e talvez só ouvirá na hora da nossa morte, escute o que estou lhe dizendo.
Entenda humanamente.
Cantos.
Como talvez só se ouve ao nascer

Mas antes, deixe que lhe diga que outras coisas mais eles fizeram juntos.

Adormeciam num sonho de animais que reencontram a unidade perdida, ele dentro dela, mulher, anjo e concha cheia dos murmúrios que trazia das águas das estrelas?
Sim, adormeciam assim

E se diziam coisas que nem eram palavras, antes parecendo areia que soa dentro do ouvido como se tendo do em nós um deserto com jornadas por labirintos para sempre?
Sim. Se diziam coisas assim.

Mas ouça agora. O que é? Hein?
Ouve?
Essas vozes pequenas que estão vindo
São as vozes dos insetos. Ouve? Agora chegando até nós, eles também querendo contar esta história que vai saindo da minha boca.
Não pense que sou eu fingindo com a minha própria voz essas vozes, de rumores

Estalando sons para sermos aqui como crianças,
brincando
com você. Não.
Pronto não se houve mais. Foram embora

Foi então que Andara inteira passou a ouvir aqueles
cantos, da mulher, do anjo e do homem, ele agora quase
já um anjo também, ficando leve se cantava com ela

E as árvores enlouqueciam de ouvir aqueles cantos, e
davam uns frutos com asas que queriam porque queriam
então voar, sair daqui, deixar esta terra, ir para longe,
onde nunca, nunca mais ouvissem os homens e seus
cantos inúteis de amor.
E aves enlouqueciam nos céus, de ouvi-los. E caíam
por todo lado sobre a terra

Pois foi então que se deu o que se deu.
Pois Andara também é Paraíso, sabia? E como no
Outro, aqui também um mal habita.
Andar a víbora, a vida
– Esconda seu calcanhar, depressa.
A víbora, a víbora

O animal da vida sempre vindo nos surpreender,
e a dor vem ao seu lado, aprenda
ou montada nele, saiba
e com uns espinhos cravados em seu flanco, veja-os
O animal da vida sempre vindo então
o que se deu então se deu.

Foi assim. Os cantos da mulher e anjo foram indo, foram indo, e suas serpentes pelos ares, até um outro homem em Andara, aqueles cantos penetrando nos ouvidos
daquele outro homem, lá longe.
E o que ela fazia com o homem ao seu lado para ele nada percebesse era: fechava os olhos tocando-os com as pontas das asas, para que inocente recebesse mais fundo a ferida.

– Deixa que a minha asa, dizia
E o adormecendo.
Esquecida a gratidão por ele ter furado os olhos da ave negramente vinda, ela agora oferecia àquele outro que chegava um fruto da árvore da vida enegrecendo

Alvura da alvura aquele anjo, agora negro.
Se afastando com o outro homem que chegara.
Deixando ali no chão o primeiro homem, tendo tirado dele as suas asas. E com elas envolvendo
o outro homem
Rapidamente indo embora com ele.
E rapidamente abandonado ali no chão, o primeiro homem ia deixando de ser o anjo que quase se tornara.

Foi assim.

Do primeiro homem ficassem ali no chão só umas penazinhas, que haviam começado a lhe nascer
onde antes ele era mais triste

Mas logo nem isso ficou, e ficava só um montinho
de terra do homem desfeito que havia sido.

Só aquele montinho de terra ali, sem companhia.
O tristemente

Um ventinho vindo sobre aquele pó, depois, dele
nada ficou.

Ficasse uma memória, talvez, da coisa amor
que ele sentira
A coisa, mas invisível não se via.

O que se via é que ficava, no lugar onde o homem
se desfizera, a faquinha com ele cegara a ave que
negramente espiava a vida. E ficavam, ah, também os
próprios olhos negros da ave, aquelas duas esferas negras
negras, aquele mal que por coincidência na queda
do céu havia caído justamente ali, ao lado da faquinha

– Deixa que a minha asa de ternura
ainda se ouviu. A voz da mulher e anjo dizendo ao
outro homem, enquanto com ele se afastava

Diz-se que foram as asas dela se erguendo no ar com
o homem novo que levantaram o ventinho que varreu o
pó do primeiro homem.

E esta esfera em que estamos, a esfera de que somos
feitos
e onde eu lhe contei isso com esta minha voz seca

de inseto, ela a terra
continuou, com suas fracas asas, caindo, caindo

Caindo para nada e ninguém.

Mirá

De *Contando estas histórias para ninguém* (1994)

– Diz: Mirá era coisa de se comer?
Sim, os homens fazem isso com coisas
pequeninas como ele.
E que sabor um homem encontraria nas suas carnes,
se era feito de carne? Era?
Sim, era. Mas nem o gosto dessa resposta eu posso
pôr na boca sem tristeza, por isso: silêncio

Diz: Mirá tinha rabo? Diz. Eu não contarei a nada
e ninguém.
Sim. Tinha. Como todos nós, humanos, tivemos um
dia. Essa memória antiga de um rabo se estendendo
atrás de nós, se alongando no tempo e entre uivos
horríveis que, diz-se, se ouvia antes
E mãos em Mirá, havia?
Mãos ele tinha, mas não para tocar uma outra coisa
viva. Nunca fez isso
E o que tocava?
Nada. Apenas as levantava para o céu, querendo
tocar o sol, se era dia, a lua, se era noite, ou as estrelas,
essas luzes.
Mas jamais o vi erguê-las na tarde para a lua branca,
que para ele era como as nuvens de sal: quando elas
passavam no alto, as nuvens de sal, assim como quando
a lua branca estava no alto, costumava esconder as mãos,
enterrando-as na terra
Ah, e se enterrando-as, tocasse alguma coisa viva
escondida na terra, mesmo não querendo tocar em nada
vivo, o que fazia? O que, ah?
Então se desesperava. Um desespero grande, doía
ver. Pois sentindo coisa viva nas mãos, arrancava as

mãos da terra, por instinto, fugindo, mas logo via que as mãos estavam expostas às nuvens de sal, passando no alto, ou à luz fria da lua branca, e voltava a enterrar as mãos na terra, para tirá-las em seguida, voltar a enterrá-las e aí lhe dava um susto, isso, de não ter para onde ir nesta vida

Esse susto se estar vivo sem remédio que de repente, às vezes, todos nós temos

Agora, que não há mais Mirá

Mas ainda há Mirá, eu lhe digo, ainda há

Digamos, mas não como antes. Então, agora que não há mais Mirá, o que tu tens a dizer?

Eu, por mim, digo: Dediquemos as nossas areias à memória de Mirá quando vier para nós também o tempo da ruína

Mirá, um mirazinho de nada, foi tudo o que ficou dele

Agora este areal. O prestes a nos recobrir. Onde estamos.

E guardo comigo o que ficou de Mirá.
Guardo comigo a caixa

– Sim, a caixa. Tu a conservas contigo. Como foi? Conta.

Esta caixa eu mesmo fiz. Ainda bem para dentro da
floresta, fui lá no fundo e escolhi a madeira mais antiga
para guardar Mirá.
Tenho agora Mirá guardado na caixa
Levo esta caixa comigo para onde vou.
Não me separo dela

Se outros querem olhar para dentro dela, para ver
se Mirá está mesmo dentro da caixa, não deixo, não deixo
Têm que acreditar que Mirá está aí, que Mirá não
foi inteiramente embora

Às vezes, neste areal onde permaneço, antes eu e
Mirá juntos aqui, outros, vindo, tentam arrancar a caixa
de mim para abri-la, e espiar Mirá lá dentro,
encolhidinho,
o mirazinho que ficou. Lutamos. Arranho, e mor-
do, as unhas, para isso temos essa possibilidade
animalmente.
Me entreguem de volta Mirá
Eles correm para a floresta em volta do areal, e
através dela, esmagando os inocentes da terra,
pés de tumulto, e risos, vão na frente com a caixa e eu
atrás gritando Mirá Mirá Mirá
Mirá
escondendo-se, eles, atrás das árvores. Mirá
Ameaçando abrir a caixa para me mostrar que dentro
dela não há Mirá algum, não há nada, só um vazio.
O vazio que espreita

Mirá. As ausências me trazendo uma vertigem
Mirá. Um inferno.
Quando deixam cair a caixa, junto, corro, fujo para longe com Mirá.
Agarrado Mirá junto ao peito, na caixa

Esta caixa foi feita com a madeira mais antiga, eu mesmo fiz, fui lá no fundo da floresta buscar.

Como, não havendo mais Mirá agora? O que diz?
Há.
O processo da partida dele, eu lhe conto, para que entenda que ficou.

Como foi? Como terá sido
Lembro. As coisas permanecem nesse outro areal, a memória

Antes, deixe que eu diga que a terra onde ele enterrava não era terra, não: era esta areia onde
ainda permaneço, como antes, ainda eu e Mirá juntos aqui. Ele na caixa. Eu a segurando contra o peito, como pode ver.
Mas como foi: o primeiro sinal de que Mirá iria embora foi um grito de raiva que ele deu para o céu, aquele grito como uma pedra jogada contra o céu, rasgando
as nuvens, e era um ódio subindo pelo meio das nuvens tão forte uma nuvem de sal que ia passando na hora

derramar lágrimas. Sim, foi. Uma gota em meus lábios,
provei aquela lágrima amarga, um sal aperfeiçoado
na espera
de Mirá. E do sabor daquela lágrima caída do céu,
entendi: nem era ódio, era mais um desespero em
Mirá enviando aquele grito para o alto. Um desespero,
entenda,
de inutilmente erguer as mãos para o céu e nunca, nunca
um sol, uma estrela, nada para tocar, trazer aqui para
baixo, uma luazinha
pela metade ao menos, nada.
Assim Mirá um dia se desesperando.
E foi quando entendi que ele já não queria mais
ficar aqui, na terra, neste areal onde permaneço: a parte
de baixo do círculo que chamamos vida.
Então, se não podia trazer uma luz do alto para
iluminar esta caverna de sonhos que habitamos, a terra,
ainda que aqui este areal seja todo alvo, como pode ver
Então, se era assim, ele também não quis mais ficar.
Como foi? Como terá sido. E terá sido. E terá assim: foi se
dando a desaparição de Mirá, o seu sumir começava.
Uma ave ia passando naquele instante no céu, e até
se assustou com aquele grito. Aquela pedra de desespero
quase a atingindo talvez

– Pense nas miméticas: não terá sido a ave que fez nascer em Mirá, passando no alto, a vontade de ir embora? Não, trazer uma luz aqui para baixo, para tê-la, essa luz, entre nós, mas ir viver entre aquelas luzes que via sempre no alto, inatingíveis: não teria sido o que aconteceu e levou Mirá daqui?

Sim, é possível, uma coisa após a outra: se não podia trazê-las, as luzes do alto, então haveria de ter querido ir viver entre elas. Mas lhe digo que acabou ficando aqui, e o agora dele é viver sem luz alguma dentro da noite pequena desta caixa que aperto mais ainda contra o peito só de pensar: Mirá lá longe, no alto, e eu aqui ficado só neste areal, aqui embaixo

Foi. Teria sido isso também então e sim: eu entendia, entendia, a passagem da ave: Mirá não quer mais apenas esta areia, todo este areal nos retendo assim aqui no chão, Mirá viu a ave, me dizia, e nela viu mais, o a mais, e agora ele querendo esse mais. O Mais: Mirá agora vai querer ter asas para poder voar, não mais o menos deste chão areia pó issozinho que somos pesando do pesadão na terra. Eu entendia, entendera. Aquela pedra, leve, subindo, e o grito jogado no céu me fazia entender.

– E o que fez?

E tendo entendido isso, me afastei do areal e fui saindo dele e entrando na floresta, já estava, assim, sem ser visto,

e olhando Mirá ficando só ali na areia, olhando o céu depois do grito e da ave

quero dizer que me afastei para ir preparando a minha despedida

– Fez a caixa.

Fiz.

– Horror. A caixa então era para prender Mirá para que ele não fosse daqui

Não. Entenda. Talvez. Sim: a minha despedida era
outra: pelo ido e pelo ficado, para sempre

– E o que passou a acontecer depois do dia do
grito de Mirá e da lágrima que veio do céu?
Mirá depois deu para ficar olhando o céu,
exatamente o lugar onde a ave que passara havia sumido.
Outras aves vinham, também passavam. Não não era
ela, não era aquela que então lhe dera a tal vontade,
essas coisas são coisas únicas, só acontecem uma vez.
Então, ali Mirá olhando o céu mas nem vendo essas
outras aves
Assim é que deu para ficar Mirá.

– E o que mais
Espere, lembro.
À noite, fico pensando sem dormir, uma lua imensa
no céu e a caixa ainda vazia: Se um homem pudesse ter
asas, eu iria também com Mirá

– E o mais?
Lembro: uma lua imensa no céu envolve Mirá
inteiramente aqui na terra, areal, ele sentado só lá,
e da floresta
Da floresta, que faz um círculo aparentemente perfeito
ao redor deste areal, como você pode ver, iludidos
os seus olhos, este círculo só geometricamente perfeito
que habitamos não tendo dentro de nós
círculo perfeito algum

por isso Mirá querendo aqueles círculos no alto,
talvez os mais-que-perfeitos
Da floresta, então, estariam vindo uns animais de rastros, sem asas, olhá-lo de perto, farejá-lo, rondar seu corpo que ia deixando de ser corpo. Mirá aí, tanto tempo depois que a ave passou
Nem vê esses animais também, porque ele só quer ver asas vindo para ele no céu: viessem logo, elas, as asas.

– Conta.
Uma outra noite eu me perguntava, vendo Mirá lá longe só, no areal: O que aconteceu com Mirá também pode acontecer comigo, humano? Isso, digo, de olhar uma ave passando e, de repente, também querer ir daqui para viver entre estrelas, sóis: esses círculos, vistos daqui, mas só para os círculos dos nossos olhos?
O pensar neles, só, atordoa, não é?

Conto:

Luas enormes têm vindo no céu. As luas enormes.
Posso ver Mirá sentado lá só

Mirá olha um céu já quase sem olhos para vê-lo

Céu também já não tem olhos para ver Mirá

Luas enormes têm vindo no céu, luas enormes

Dias tendo passado, Mirá não gritou mais
Nenhuma vez.

Mas às vezes pareço ouvir um grito escuro vindo de
dentro de Mirá, na noite, sob luas enormes. É um animal
bem escuro esse dentro de Mirá, que agora deu
para gritar dentro dele, bem escuro o animal em Mirá,
é por dentro

Quando se ouve esse grito, diz-se, renova-se o desespero
de Mirá na terra, o prisioneiro deste círculo
por baixo onde estamos
E até a lua imensa amarela que estiver no céu nesse
instante
estremece

É como estou contando.

Da minha rede, nesta noite, ainda posso ver aquele
resto de Mirá, aquele pano de carne, um trapo, dançando
só lá no vento, onde a floresta faz sua imitação de
um círculo perfeito, o cerco ao areal: é lá onde as árvores
têm fantasmas, suspiros fundos nascem da terra, há
raízes de que tudo é feito, isso arfando ali aquilo se
tornando Mirá cada vez menos já que as asas não vinham,
não vêm, e não vieram nunca para ele

Mirá, mirá, um mirazinho de nada ele ia, foi ficando

Então, de repente é assim: e algo que está aqui nesta
vida já não quer mais e vai embora?
É?

Isso tendo acontecido com Mirá já faz tanto tempo
O tempo. Os tempos em nós, que ficamos, fazendo efeito
E areia também vindo em mim, se ela vem, vou entendendo, entendo coisas, pó, um ventinho também vindo para me levar

Dediquemos as nossas areias à memória de Mirá, é o que digo depois que Mirá se foi ficando

– E na caixa, tendo ele partido e ficado, o que ficou?
Agora, tenho guardada numa caixa de madeira que eu mesmo fiz e preguei, de madeira forte, antiga, para que não fuja de mim, a sombra de Mirá
um mirazinho de nada, essa sobra
O que ficou.

Uma lua imensa vindo neste instante no céu também para mim, veja.
E o areal todo se curva novamente para os dias passados

E agora não pergunte mais nada.
Faça silêncio para que eu possa escutar Mirá cantando, ou chorando, ou em silêncio e sonhando com círculos dentro da caixa
A ternura daqueles outros círculos acima de nós, e se renova
a despedida de que lhe falei. Ouça, é bem baixinho

Homem na espinha dorsal

De *Contando estas histórias para ninguém* (1994)

Falando só, em sonhos.
Adormecido. Contando uma história para nada e ninguém.
Deitado na floresta, na terra fria enquanto um fogo aceso ainda lhe dá um rosto
Ouçamos esta voz de adormecido à noite
Entre árvores

Diz ele, Eu descia pela minha espinha dorsal, quando vi um homem trepado numa árvore
Me disse aquele homem:
– Fome?
E eu, naquele instante esquecido de mim mais uma vez como sempre como sempre deveríamos viver todos nesta vida, a úmida, seus frutos, respondi
Quem
Como se perguntasse
Na verdade talvez quisesse perguntar quem ele era, o homem.
Entendeu. Entendia. Pois estava me mostrando muito branco um ovo que tirara de um ninho suspenso sobre nós.
Aqui, dizia, e apontava.
Ali, eu disse, e já apontava uma outra árvore, próxima, para onde me lancei com um salto simples desses de quem quer se pôr a salvo da terra, seus frutos, a úmida.
O meu voo.
– Anão me gritava ele do alto pois a minha árvore era bem menor que a sua.
E tu, eu pensava assim tentando voltar, subir pelas minhas costas acima, encosta acima e a palavra quem entre nós.

Descia eu certa vez pela minha própria espinha dorsal,
animalmente e aquele outro ali estava numa árvore.
Aquilo ia para a noite.

Tolerarás a minha mão tocando a tua, estava ele
então me perguntando. E: Tolerarás a minha mão em
vez da tua, a minha, tê-la em vez da tua, no lugar dela,
para tocar a vida, estaria ele me perguntando mais tarde,
quando a noite já caía sobre nós e a palavra quem ia se
desfazendo no ar da noite e já tínhamos nos tornado
amigos e ele, ali, perto mim, aquele um outro eu esse
agarrado gêmeo à minha espinha

Sob nós descia o rio. E havia um peixe nisso tudo
nos olhando, forçoso é confessar
Descia eu pela minha própria água, a vida, e foi
quando vi um homem trepado numa árvore para escapar
à corrente que tudo arrasta para estes dias de nervos de
estar vivo

Se escutasse os conselhos que se dão.
Agora estas árvores aqui já pertencem eu sei à
família daqueles que acordam suando à noite
E sob nós o rio.

E agora o peixe entre os nossos dentes, também no
seu sonho de estar vivo

Agora também a palavra quem em nossos dentes.

Mal eu havia nascido, Murmurava contava o adormecido,
deitado na floresta, e já aquele homem trepado
numa árvore, sombra que decepciona toda luz

E agora acorda com um salto. Cãibra nas costas
E o fogo extinto, e um vento, vindo, espalha as cinzas.
Levasse essa história para nada e ninguém

E veio o tempo das aves

De *Contando estas histórias para ninguém* (1994)

Santo
é aquele que um dia desce do céu em Andara e diz,
Eu sou O que está trazendo a alegria à traição,
pelas tuas costas.

E o vento leva essas palavras para longe

E longe
é sempre bem longe da vida, na vida
alguém ouve essas palavras, entre as árvores e vem.

Foi assim que novamente aquilo acontecendo. E deu-se
o encontro do homem da terra com o homem do ar, em
Andara

Em Andara, aquilo acontecendo

– Teme a asas que, a partir de agora, haverão
de querer nascer em ti,
disse o homem do ar ao outro, quando o viu chegar,
ao da terra. Saído de entre as árvores.
E sentaram-se, e entre eles houve o seguinte diálogo.
Os dois sob o sol, mas o homem da terra dentro da
sombra enorme que a asa daquele homem e ave que
viera fazia:
– À noite, sentindo em ti que algo quer ser leve,
dizendo o homem do ar.
– E o que faço, perguntando o homem da terra

– Sendo a alegria do leve brotando, dizendo o homem do ar.
– Ah, fazendo o homem da terra. E? Perguntava.
O outro dizendo a ele:
– À noite, a cada noite, vive tuas costas. Mas ao despertar esquece, pois de dia teus ossos, pesados de inveja
O anjo, ou demônio alado à sua frente, tendo descido do céu
em Andara.

Em Andara sendo assim: quando vem o tempo das aves

Esse tempo, quando ele vem
Descem sobre os homens uns sonhos bem loucos, e esses anjos que, à distância, entre as nuvens, parecem aves como as outras , e não se nota diferença
Mas logo já tendo descido, e na terra, tendo pousado, ao nosso lado
E eis: a ex-ave, e então falando com os homens
E aí é que se nota que o que de entre as aves lá em cima viera não era ave: era isso, O, um deles, a princípio amedrontador, fazendo sombra sobre nós, a sombra de umas asas brancas enormes.
Então agora isso acontecendo àquele homem
Aquele anjo viera para ele com umas asas bem grandes de apagar o sol

Certamente essas coisas não acontecem exatamente
assim como se está contando.
Antes, é com uns acontecimentos cheios de sigilos,
de espertezas e incertos que elas se dão.
Por exemplo: antes deles terem sentado para aquela
primeira conversa, isto acontecido:
Seria um sonho aquilo, seria aquele que descera do
céu o anjo ou fera, ou miragem apenas para o homem
da terra, como saber
o certo é que o O, o descido do céu, tendo o outro
aparecido de entre as árvores, tendo atendido o chamado
o certo é que ele, com suas asas, deu a volta ao
redor do homem da terra até ficar por trás dele,
observando-o com os olhos brilhantes enquanto isso
o cerco,
e então: fasss, com as unhas que tinha, de um gesto
como relâmpago, rasgava as costas do outro na omoplata
esquerda.
e fasss, de outro golpe rasgando a omoplata direita.
Só a ponta das unhas. Aquelas unhas tinham assim
o poder de plantar uma semente, pois os sulcos que
fizeram.
E o homem da terra da primeira vez, ai.
E o homem da terra da segunda vez, ui.
Surpreendidamente.
No que se apagava um pouco o brilho nos olhos do
anjo ou demônio alado. E de ver aqueles sulcos abertos
e aquele sanguezinho saindo da carne do outro ele
sorria, com um olhar mais brando, de quem já tendo
feito a primeira parte da missão.

Foi só ai que ele disse:
– Teme as asas que haverão de querer nascer em
ti a partir de agora
E tendo nós agora reposto o tempo dos acontecimentos
na ordem certa.
E eles então e só então sentado e conversando:
– À noite, dizendo o homem do ar
– E o que faço? Perguntando o homem da terra,
enquanto os sanguezinhos nas suas costas coagulavam.

Aquele sangue indo para o tempo do sangue coagulado,
à sombra daquelas asas, à sombra enorme que as asas do
alado faziam,
naquele sangue é que teriam que ser semeadas as
levezas. E logo. E antes que viessem cicatrizes nos lugares
que agora ainda são feridas nas costas do homem da
terra. Pois o tarde demais existe, como até esses que
descendo do céu devem saber, esses os, eles sendo anjos
ou demônios não sabemos mesmo que muito brancos e
branquíssimas suas asas

Mas sendo que o homem da terra rancoroso
Este, a quem aconteciam essas coisas, à sombra da
asa enorme.
E ele, mesmo tendo O, o descido do céu, lhe revelado
que os sulcos, os sanguezinhos, as duas dores que
sentira e as unhas unhas, tudo era necessário para que
a leveza semeada e a alegria brotando

mesmo tendo entendido isso, e:
talvez porque seus ossos já então pesados de inveja,
o certo é que se levantou-se, escondia seus olhos, dava
uma volta também ao redor do homem do ar, ainda
sentado, mais com esses olhos ocultos procurando uma
pedra que achou e, a pedra
Aquilo violentamente jogado na cabeça do anjo, ou
demônio, ou O alado, por trás.
Isso sim é que fio a traição pelas costas do homem
da terra bem triste acontecendo.
Aquelas asas enormes diminuindo, aquela sombra
delas negra enorme diminuindo e descobrindo o sol em-
tão, pois o homem do ar desfalecendo, aquele O antes
com uma presença de coisa imensa assim ficando um
ozinho de nada no chão, o, caindo, desfalecesse, ou
adormecesse por um tempo aos pés do homem da terra.
E
depois voltando a si, despertando: não soubesse mais
que havia vindo do céu ao acordar ali no chão

Certamente essas coisas não acontecem exatamente
assim como se está contando
Antes é com uns acontecimentos cheios de surpresas
e instintos.
Pois sendo em Andara isso.

uns dias de rastros passando na terra em Andara,
esses dias bichos no tempo.
E no céu, por entre as nuvens, também passaram

uns dias aves, com suas nuvens de sal, suas luas brancas
se é dia e suas luas amarelas se é noite, e sóis que
se sucediam.

O homem do ar, desorientado ficando por ali
despertando, depois da pedra.

Ficava por ali, entre os animais que iam beber nos
rios. Como um deles. Arrastava depois as asas pesadas
de água para se secar ao sol
E ficava por ali, entre a febre dos insetos, que roendo
coisas, cascas, folhas
Como um deles. O que tinha a asa maior entre
todos, e também roía.
E olhando para as aves, não lembrava aves, asas.
Não soubesse mais que havia vindo do céu ao acordar
ali no chão, após a pedra.

O homem da terra, enquanto isso, ali ficando triste,
e arrependido, se olhava as aves.
Uns ossos menos pesados de inveja pesando nele,
pois se após a pedra, e a memória morta do homem do
ar, as asas nele não viriam
A alegria do leve brotando

Mas sendo Andara cheio de surpresas, e dormindo
eles juntos se misturando aqueles corpos, um de terra,
outro de ar, e às vezes chorando em sonhos uns choros
miudinhos de umas crianças no escuro abraçadas,
pelo que deveria ter sido e não foi, esse choro,
pelo que não deveria ter ido, e foi, esse choro

Dormindo eles juntos, então, e abraçados, uma noite
veio em que o homem do ar, o O, se expandindo
novamente, aquele ozinho de nada outra vez crescendo,
o O descido do céu nele regressando, levantou-se.
E este acontecimento se dando: por instinto, avivava
os sulcos nas costas do homem da terra, de novo as
unhas e vivas aquelas cicatrizes que haviam se formado,
os sanguezinhos corriam outra vez, nos sulcos
depositando
duas sementes de asas, uma em cada ferida.

O resto que se deu foi assim
As asas então crescendo nas costas do homem da terra
O anjo esquecido de que devesse voltar, um céu
esquecido por sobre ele

Aprendia, aquele anjo, ou demônio alado que descido
do céu, a ser um animal na terra.
O tendo dito Eu sou O que está trazendo a alegria
à traição, pelas tuas costas, agora comendo os frutos,
cavando a terra para achar raízes, descobrindo os sabores
do chão.

O homem da terra, as asas nele crescendo, enquanto
no outro, cada vez menos asas havia
O homem da terra por sua vez dando saltos para
atingir uns galhos mais altos, depois saltos para atingir
nuvens mais baixas, às vezes já quase voando por entre
as aves. Seus ossos de inveja ficando a cada dia mais leves.

E aprendi, aquele anjo ou demônio alado,
que a carne pesa
E que é lenta.
Pois sem asas
E sem alegria, ainda descobrindo os sabores do chão, ia com os outros animais se afundar nas regiões onde Andara é mais solene. Arrastasse ainda um resto de asa atrás de si

Enquanto o outro, o homem da terra,
cada vez mais ave

Queria, aquele anjo que se desfazia, como os animais ir ao lugar onde diz-se às vezes passa um vento e dá à carne flutuações perdidas
isso invisivelmente que vemos nas folhas das árvores,
passando
e não vemos

Jamais saberá em qual dos dois foi mais alucinante
o mesmo sonho que tinham, ao mesmo tempo,
enquanto neles as inversões se cumprindo:
O de um animal negro negro negro negro e feito
de terra, devorando um animal branco branco
e todo feito de ar

– Não me pergunte como eu sei essas coisas.
Pois tendo vindo o tempo das aves, elas aconteceram em Andara, acontecem

Como? Quer mesmo saber?
Eu sendo o anjo, o que ficou

Uns brilhos forte nos olhos, umas asas agora nele
enormes e também negras, cobrindo o sol de mim
aquele homem da terra, agora alado como eu antes,
a última coisa que ele me disse, antes de subir aos céus
para sempre, e me vendo ali no chão roendo raízes, foi:
– O sabor, o sabor. Ele existe em mim. Mas lembre-se:
breve é a febre da terra
Um soluço ficando ali, no ar, na sua ausência que se
fez, quando sumiu varando uma nuvem, esse soluço que
nunca se soube se viera dele ou de mim.

Levasse aquela sua traição da pedra, agora que não
era mais um homem, para nada e ninguém

por entre os sóis malditos distantes que já não vemos,
nós, os anjos caídos, esquecidos

nós os que ficamos

uns ozinhos de nada neste chão

O sono

De *Contando estas histórias para nada* (1994)

Ei-lo: dorme no coração do coração de Andara
O adormecido. O em sonhos

O adormecido, pois, o sonhando. Ei-lo aí. O animal
inocente do sono.

Suas mãos, suas mãos
que já tocaram coisas, pessoas, o pó, agora não tocam
mais nada
E seus pés também dormem, e como essas mãos
embranquecendo no sono, e também já não andam mais,
daqui para ali, de lá outra vez para cá, buscando pela
vida inteira. O que ainda fazemos, nós, os que ficamos
os acordados
Embranquecendo essas mãos e esses pés.
É ele, o em sonhos, aí.

Adormecido no coração de Andara, nele também
dormem, os seus ossos, e uma vertebrazinha há que
recém-nascida é quem mais se aconchega no fundo do
seu
corpo, boceja, espia sonhadoramente em volta e tem
mais sono do que os ossos pais que existem nele. Isso de
recém-nascido, vocês sabem
E nada mais nele se movendo, nada.

Ex-homem, então, eis no que ele se tornou. E agora
bastante irmão dos limos, já que limo veio por sobre ele
recobri-lo para assegurar o silêncio de que ele precisa
para estar inteiramente assim, de pedra e indo em seus
sonhos

Temos este adormecido, este sonhando então.
É em Andara.
Dorme, no coração do seu coração.
E onde é isso

Um sonho que ele agora tem.
É sempre o mesmo sonho: Vê ondas vindo a uma praia
Elas jogam na areia uma asa arrancada, uma só,
separada da ave.
E essa asa única, não há outra, fica como uma imagem
de agonia, sendo levada e trazida pelas ondas na areia.
E no alto ele vê a ave então, tentando ainda se manter
no céu com a asa que lhe ficou
Espiando para baixo essa ave, para a asa arrancada
na areia, não desce porém para apanhá-la.
E da água um peixe está olhando para a ave em sua
luta para se manter no ar, em seu desespero de ver a asa
arrancada na areia aqui em baixo.
Tudo escurecendo rapidamente, pois uma nuvem negra
negra vem cobrir o sol, e céu e ave e asa na areia e
peixe, indo desaparecendo com esse sonho.

O adormecido, o pedra de limo.
Esse é o sonho que ele sempre tem.
E agora vamos vê-lo novamente por fora, enquanto
o sonho outra vez não volta

Às vezes, uns animais vêm rastejando pela terra para

farejá-lo, tocá-lo com patas leves e tentando descobrir o que é isso que parece um homem e parece uma pedra coberta de limo
Animais têm sempre fome? Sim
Mas esses animais até esquecem a fome, pois intrigados vendo que esse pedra respira.
E como descobrir, de qualquer jeito, por baixo
do limo, a carne que o limo esconde para assegurar ao em sonhos o silêncio de que ele precisa para ficar assim, de pedra e indo em seu sono?
Não podiam, os animais.
A pedra de sono, e respira.
E por isso iam embora depois os animais, mas sempre voltando num outro dia para tocá-lo, farejar
Agora ele tendo de novo o seu sonho.

Mais aqui, sonha um passo atrás. Ainda não chegou
à praia

No seu sonho, quando esse sonho começa de antes,
ele se vê:
Corre pela floresta, através da floresta Andara, foge
de alguma coisa ou persegue alguém, alguma coisa
Não sabe ainda, neste ponto do sonho. Mas tem pressa,
Pedra que vai, respira e arfante
Correndo sempre. Correndo mais.

Sempre terminará na praia, onde vê. Ondas vindo, trazendo a asa arrancada, uma só, essa asa como uma imagem de agonia, para ficar ali na areia sendo levada

pelas ondas dali para cá, daqui para lá
E no alto a ave com a asa que lhe restou.
E embaixo, na água, o peixe olhando a ave no céu
antes que a nuvem negra negra volte e cubra o sol, e
apague tudo: ave no alto, asa arrancada, a areia

Aves, por fora, também vêm ver o adormecido como
fazem os animais que chegando rastejando.
Agora mesmo, são elas.
Chegam e pousam depois dos círculos que sempre
fazem antes de vir para o chão: sobre carnes mortas, se
são aves negras, sobre carne viva, se são aves brancas.
Como no caso do em sonhos, como saber se é vivo,
ou dorme ou morre no fundo do silêncio
Como saber?
Por isso, pousam todas, as brancas e as outras
E se perguntam, bicando levemente o adormecido:
e isso, é pedra, é carne
Se dizem, se perguntam as aves.
Mas nelas um susto está prestes a vir, e quando vem,
numa só delas, é o bastante e já todas erguendo voos
sobressaltados, partindo, não ficam para saber a resposta.
Algumas talvez levando no bico um pouco daquele
limo para interrogá-lo, minuciosas, depois, como elas
fazem, aves, escândalo de curiosidade, e esgarçamentos,
e com asas

Há quanto tempo adormecido?
Eternidade, se diz

E nunca mais irá acordar? Nunca mais, se diz:
eternidade.
Nem quando é a vez de virem uns insetos para morder
o limo e com dentezinho finos, furando
nem quando insetos vêm morder o limo ele acorda.

O em sonhos, então, o sonhando para sempre então
Esquecendo isso de um mundo por fora, para viver
num mundo por dentro
Ei-lo.

Pela eternidade, um adormecido aí: enquanto,
de rastros, animais da terra vêm farejá-lo,
mas não comem sua carne junto de limo.
E as aves vêm bica-lo com timidez.
E insetos vêm cobrir de insetos isso que respira
E já estão as aves fugindo em revoada dele, novamente,
um susto por quase nada. Aves.

Por quase nada também isso de deixar o mundo por
fora para ir viver num mundo por dentro, que quase
existe

E agora aí está ele.
Novamente veio correndo até a praia, atravessou
toda a floresta
E vê no alto a ave sem asa, que se desespera,
com a única asa que lhe ficou
E vê embaixo, na água, o peixe que testemunha
o desespero da ave

E na areia, vê: a asa arrancada, que depois de jogar
na areia, as ondas ficam levando daqui pra lá, de lá
para cá outra vez, como uma imagem de agonia

A nuvem, negra negra, ainda não veio cobrir novamente
o sol, que é eterno inimigo do limo.
O peixe haveria de não querer ver mais o desespero
da ave no céu, e por isso agora mergulhando de volta no
mar, negando-se a esse céu

A asa arrancada na areia, a última coisa que
o em sonhos vê, a nuvem negra vindo agora
sobre o sol, velozmente.
Levasse esse peixe que some nas águas mais escuras
essa asa arrancada para nada e ninguém

Ave, fantasma

Nas fronteiras da carne, Horizonte Velado
passas
À tona,
a variedade sempre única de um voo e velas lentas
A carne tem golfos de luz que te incineram
aVe, fantasma

Fim de Visível Invisível
A viagem a Andara não tem fim

Vicente Franz Cecim (A selva se lendo)

Vicente Franz Cecim (A noite se meditando)

Visibilia et invisibilia enim
(*in* Colagem godardiana de falas de Vicente Franz Cecim)

Por Marcelo Ariel

Precisamos aprender a ouvir as falas do inconsciente falante geral, que é de toda a região e de ninguém em particular – abaixo o emblema fixado contra a porta do imaginário amazônico, aquele que diz: Propriedade Privada.

Nesse imaginário, é esta região na verdade quem fala, e, através dela, falaremos todos nós. Bastará deixar que ele nos diga algo. E escutar. Com muita humildade. Muita radical exasperação também. E sonhando bastante os nossos sonhos, a todo instante. E deixando que esses sonhos, os individuais, se misturem com os sonhos da região. Porque, no fundo, só uma coisa sonha e nos sonha: a Vida.

É preciso dar-se, deliberadamente, a ela.

E é preciso insistir:

– Nossa História só terá realidade quando o nosso imaginário a refizer, a nosso favor.‘

Homem de palavras. Isso em que me converti para fazer a Viagem a Andara.

Esse homem de escrituras eu sei quem é. Mas o homem que sou, vivendo – o que é?

O homem é coisa que vive para dentro e para fora de Si – fui entendendo através da Viagem. Para fora, ele é o Ente: o Espanto que a Civilização quer domar. Para dentro, ele É o Ser: o Puro Espanto de Ser, não domável. A Viagem a Andara caminha assim: desperta para essa vida em Ente e se sonhando em miragens de sermos que nos libertem para Sermos plenamente, o que já somos, mas encarcerados. E quer levar para além desse homem que quer a si próprio domar – que nela, Civilização, se refugia, e por ela se deixa domar.

Mas quem lê os livros de Andara ocidentalmente, da esquerda para a direita, vivendo apenas em Ente e para fora continuará avançando na única direção que conhece e lhe é consentida no Ocidente – e reencontrará o H no fim da palavra. Terá sido inútil fazer a Viagem. Que pena. Porque ir indo através da irRealidade de Andara me mostrou que a direção oposta é a que nos retorna ao nosso Centro Real. E a um Real Total que nos transfigure.

Se não existisse a Amazônia e não se desse o acontecimento fatal de eu ter nascido nela, não houvesse Andara. Andara começou se nutrindo da Amazônia. Da Realidade Onírica da Amazônia. A Amazônia é um tecido de existências e fábulas. Aqui, não há fronteiras nítidas demarcando onde terminem as realidades manifestas e comece o Sonho. Como em Andara não há. Mas não falo da Amazônia que aparece, mimetizada, na literatura que se faz escrevendo, falo da literatura Oral da região.

Na Invenção de Andara, se retoma o sentido do Verbo como Sopro criador. Novamente um demiurgo se faz presente. Mas o Demiurgo, no caso de Andara, é só um homem, que se diz: eu: coisa enquanto Imanente, efêmera. O que não impede que haja um Ímã em mim, pulsando pelo Transcendente. Não posso soprar o barro e criar vida, mas posso soprar as Palavras de dentro de mim e criar um Cosmos Verbal. Nesse sopro, não digo: –Faça-se a Luz. Apenas oro por ela. Não sopro: –Desfaçam-se as Trevas. Apenas rogo a elas, como Caminho de segredos por algum motivo necessário, que, se desvelando, vão me deixando passar. Comigo vai todo o Cortejo de Neblinas de Andara. Em Andara não há mais personagens, coisas, acontecimentos: há seres Neblinas, coisas Neblinas, sombras de acontecimentos imersos em rarefeitas Neblinas.

O homem é coisa que vive para dentro e para fora de Si Para fora, ele é o Ente: o Espanto domado pela Civilização. Para dentro, ele É o Ser: o Puro Espanto de Ser, intocável. A Viagem a Andara caminha assim: desperta para essa vida em Ente e combatendo a Civilização como alienação de sermos, e se sonhando em miragens de sermos que nos libertem para Sermos plenamente, o que já somos, mas estamos encarcerados, vivendo como os Humilhados & Ofendidos de Dostoiévski. E quer levar para além desse homem submetido – que se deixa submeter ou é submetido à força e por promessas políticas ilusórias das Forças Sociais Malignas, malinas como dizem as Crianças. Em Andara se dá a Alquimia Verbal da transformação do Humano em Umanoh, lançando para trás da palavra esse H inútil, vazio, aspirado para liberar o Um, o Uno: a abertura para o Ser. Mas aqueles que impelidos pelas Astúcias das Forças Sociais Malinas a viverem somente para fora a vida como Ente continuarão avançando na única direção que conhecem e lhes é consentida no Ocidente, onde se lê da esquerda para a direta: do calcanhar para a ponta dos dedos – e reencontrarão o H no fim da palavra. Que pena. Isso me entristece. Porque caminhar através da irRealidade, despertante, de Andara me mostrou que a direção oposta nos torna levar ao nosso Centro Real. E esse centro se atinge indo na direção inversa: da ponta dos dedos para o calcanhar, em demanda de um Real Total que nos transfigure. Pois o homem é, essencialmente, coisa que caminha Por Dentro. Se quiserem: Da direita para a esquerda. Liberando o Um de Tudo em si.

Andara não é mais Literatura, é Escritura e desvio onto-introspectivo, em relação à Literatura. Andara é Geografia Verbal, dialogando com a Geografia Física da Amazônia, que, por ser Lugar de Natureza, é Lugar do Sagrado em epifania. Se não existisse a Amazônia e não se desse a circunstância fatal de eu ter nascido lá, talvez não houvesse Andara. Certamente, não: não haveria Andara. Então, Andara começou se nutrindo da Amazônia. Da Realidade da Amazônia. Mas da Realidade Onírica da Amazônia. A Amazônia é um tecido infindável de lendas, fábulas. Lá, aqui, parece não haver fronteiras muito nítidas demarcando onde termina a Realidade e começa o Sonho, e vice-versa. Em Andara também é assim. Mas não falo da Amazônia que aparece, mimetizada, na Literatura de Cultura, a erudita, a que se faz escrevendo palavras: falo da literatura Oral da região. Dessas raízes é que foi nascendo a não-árvore de Andara. Árvore que se iniciou como Árvore de Palavras, mas aos poucos foi buscando se tornar o que hoje é: uma não-Árvore de Palavras. Árvore Invisível. Esse tipo de Árvore, ninguém pode incendiar e reduzir a cinzas como fazem com as árvores da Amazônia.

Estou tentando, ainda, salvar as Palavras da extinção total em Andara, pela Iconescritura. Superação talvez possível da Escritura, sem que seja necessário o extermínio das Palavras. É o que estou tentando agora no livro, ainda mais um livro visível, *K, O escuro da semente*. Devolver as Palavras à sua mais inocente Origem de Imagens. Quem sabe se possa ter nisso alguma Esperança? Enquanto isso, Andara? Andara continua sendo travessia de Penumbras. Escrita, é Diálogo com Sombras, já não-escrita é despedida das Sombras, que cada vez mais se ausentam, das Palavras.

Para que classificar, o que se ganha com isso? Já classificamos os insetos, as pedras preciosas, os sentimentos, os gêneros literários. E o que ganhamos com isso? Só dividimos mais o mundo, a vida, cada vez mais a extraímos do Um e a lançamos ainda mais fragmentada no Vários.

Os milagres não são coisas separadas da vida, toda ela é um milagre, é O Milagre. Tudo é epifania, quer dizer: toda essa irrupção do sagrado na Natureza. Não se pode entender nada se não se entender primeiro isso. E tendo entendido isso, o que mais pode nos espantar? Tudo está contido no próprio espanto de ser, de ser-se. O que me espanta é que nós, as pessoas, demoremos tanto tempo para nos dar conta desta evidência: que todos somos seres de espanto. Todos somos O Vazio que transborda e enche a Vida de formas. Sabes exatamente onde nós estamos, agora? Num Lugar Sem Lugar que é ao mesmo tempo o Lugar de Todos os Lugares. Mestre Eckhart disse um dia: Ali onde os anjos supremos, a mosca e a alma são semelhantes. Eu já citei essa frase de Eckhart num dos livros de Andara, foi em *Os animais da terra*, de 1981. Acho que escrevi esse livro só para levar essa frase a um número maior de pessoas. Os benefícios da compreensão do seu sentido profundo podem ser imensos.

Eu não escrevo o Livro, eu apenas pareço estar escrevendo o livro, mas isso é mera aparência: o livro é que se escreve através de mim. Sou apenas um Instrumento. Um outro Kubla Kan. Um escritor vaidoso da sua obra é um perfeito ignorante, e é uma contradição nos termos.

Gosto de reler os meus livros, estou sempre fazendo isso porque se comecei a escrever foi para poder ler os livros que eu gostaria de ler e não achava na vida porque ainda não haviam sido escritos; leio também as notas da música de Bach como palavras de uma frase misteriosa nos falando a Frase mais misteriosa que já foi lançada no ar por um homem. Enfim, leio todo o visível enquanto posso, antes que, invisível, comece a ser lido, como dizia São Paulo: Agora vejo através de um cristal escuro, mas amanhã verei como sou visto. Olha aqui, o importante é entender que os livros, esses que se escreve, não devem ser a nossa leitura favorita, que a nossa leitura favorita deve ser diretamente, mas sem dúvida sempre de surpresa, de soslaio, o Livro, a vida.

Eu não quero dizer nada e estou dizendo isso. Foi mais ou menos o que disse uma vez John Cage, que fazia música de silêncio. Mas por que tu estás me perguntando isso sobre o natural ser sobrenatural e o sobrenatural ser natural, como se já não soubesses?

Na Literatura a Ação é a Inação. Wu Wei, diz o Budismo. Uma ação não ativa. É sempre a vida que nos escreve, nós não escrevemos nada, é o Nada que nos escreve escrevendo a vida, as paisagens, os homens, as chuvas, o vento, as vozes das coisas, seus cantos também, através de nós: somos o Lápis que Escreve o Livro que escrevemos vivendo. Os livros escritos são também apenas cópias mal feitas desse Livro, e nossos lápis têm pontas rombudas. Mas um dia escreveremos como passarinho canta: de repente canta, e canta porque canta, sem saber por quê. Na verdade, não canta: é ela: Ela: quem através dele canta, a Vida real oculta em nós, em tudo. Mas lá encima já falei errado de novo, preciso corrigir isso: eu não quis dizer Nada, essa palavra eu deixo à deriva no Ocidente, eu quis dizer Vazio. Eu quis dizer: – O Vazio que transborda. É ele que nos escreve escrevendo a vida. Eu fui sabendo disso à medida então que ia escrevendo os livros visíveis de Andara e Viagem a Andara oO livro invisível, esse não-livro, ia se formando: nutrindo esses livros para que eles existissem e deles ia se desnutrindo para existir em sua não existência. Andara me escreve, por isso escrevo Andara. Se eu fizesse literatura apenas – o que não serve para nada, ou para muito pouco – e não deixasse a Literatura de lado para me dedicar, dedicar toda a minha vida, a praticar essa Alquimia de me tornar cada vez mais um ser de Escritura e cada vez menos um homem escritor, Andara não existiria. Andara, sabe o que é Andara: é um Serdespanto geográfico. Já a Amazônia é – poderia dizer: só para deixar bem claro – uma geografia espantosa. Mas é a Amazônia, a Natureza Sagrada, que torna possível essa impossível Andara. É a parceria do Real que nos Sonha *com os nossos Sonhos do Real.*

A integridade da Amazônia deve ser entendida como deixar a região em si mesma, com a sua Natureza livre, para que ela prossiga em suas metamorfoses. Nenhuma interferência humana, que é sempre uma violência não autorizada pela Vida. Como Andara, a Amazônia também é um território de mutações, mas nascidas delas mesmas, não impostas de fora. Esta nossa investigação arqueológicas recuando nesses últimos 30 anos de Andara nos mostra, aqui, o que uma vez eu respondi a isso assim: – Andara, o que ela parece mais querer, é o Advento de uma Literatura Fantasma. Fantasma como são os seres de Neblina que a percorrem. Mas ainda mais sutil que eles. Andara, os livros escritos, os livros visíveis de Andara, ainda pudessem ser lidos por quem assim quiser, ou não puder mais que isso, como Literatura Fantástica. Mas o Livro Invisível de Andara, aquele que não é escrito, aquele que já é não-livro, ou nunca será, esse: Isso, já é Literatura Fantasma. Literatura de Ausência. Está para a Literatura como os números transfinitos de Georg Cantor, talvez eu pudesse comparar, que se iniciam ali, seja Onde isso for, onde os números finitos se acabam. Literatura Fantasma é Literatura de Ausência de Literatura. De Ausência até mesmo da Presença Rarefeita da Escritura, por mais rarefeita que ela seja. Está num além em nós. Nietzsche perguntando pela voz de Zaratustra: – O homem é coisa ultrapassável, o que fizeste para ultrapassar o homem, o que fizeste para atingir o Além do Homem? O Nazismo quis fazer o mundo ouvir Nietszche dizendo: – Super-Homem. E ele disse: – Über mensh, e isso é dizer: – Além do Homem. Zaratustra, em seu profundo desprezo generoso pelo homem e suas tolices era o oposto do desprezo cruel e pervertido do Nazismo pelo homem. Esse mesmo Nazismo que se apossou da sabedoria da Suástica Ariana, a mais perfeita síntese ancestral do Universo e sua Origem e Sentido, e a usou como Signo do Mal na Terra praticado por homens de Má Vontade. Mas, para além disso tudo, essa é uma visão ocidental, a visão ocidental de Nietzsche. Andara se desampara é no Tao. Andara quisesse fosse as Outras três partes do discurso que se mantêm secretas, não são postas em movimento, mencionadas pelo Hino do Rig Veda, que diz que só conhecemos a quarta, que é a língua dos homens. Andara não busca nada assim, como neste trecho de Nietzsche, com um sentido único de Ida: Andara busca, no homem, tanto o – umanoh quanto o – umano, tanto o além quanto o aquém do homem. Preferentemente, o Aquém.

Não se trata de ser literatura regional ou universal. Mas de ser essencial, ou não. Essencial para quem escreve, essencial para quem lê. Juan Rulfo é um escritor profundamente mexicano, Guimarães Rosa é um escritor profundamente brasileiro, e são essenciais. Então – O Verbo sopra em toda parte. – Sim, mas é preciso que ele sopre do Mistério através da poética de alguém, para que exista Literatura.

Este livro foi composto na tipologia Janson Text e impresso sobre papel Pólen Bold 90 g/m2 na D'Print Editorial Gráfica, Rua Caetano Pinto, 195, 2º Andar, Brás, São Paulo, SP, Brasil, para a Editora Letra Selvagem, em abril de 2024.